夫を失くして

影山 芙莎

22世紀アート

目次

平成二十六年……5
平成二十七年……13
平成二十八年……61
平成二十九年……91
あとがき……117

夫を慕い、夫への思いを綴る

平成二十六年

平成二十六年十二月三日夜、最愛の夫逝く。
七十二歳四ヵ月だった。

十二月十九日（金）

秀夫さんが居ない淋しさに耐えられるか？　誰も居ない真ッ暗な家に帰って来て泣いた。私を残して行ってしまった。秀夫さんだって行きたくなかったよね。この家は秀夫さんとの思い出が強すぎて悲しくなるばかり。こたつの向かい側に、秀夫さんは居ない——何故今日はこんなに悲しい。戻って来て！　秀夫さん。秀夫さんが生きていた時からどん〳〵〳〵〳〵離れて、時間が過ぎて行く。それがいやだ。生きていた秀夫さんを感じていたいのに……。

十二月二十日（土）

秀夫さん、秀夫さん、秀夫さんと呼ぶと、涙が出る。悲しくてもお腹が空く。

十二月二十一日（日）

秀夫さんが最期に発した言葉は、「もう……俺は……」その後は続かなかったが、死を悟ったのだと思う。死の間際に一筋の涙を流した。今この事を記しておかねば、私は忘れてしまうだろう、その事実を。

秀夫さん、ごめんね〳〵。

十二月二十二日（月）

もう秀夫さんの好きな物を買う事もなく、買う物もわずかしかない。死ぬ間際にどうして涙を流したの、秀夫さん教えて。

秀夫さんの頭から少しもらって切った髪の毛に触って見た。細くて柔らかい髪。生きていた時は、髪の毛さわられるの嫌がっていたけれど……。

十二月二十四日（水）

十一月十三日の診察日にドクターから「入院して点滴したら？」と云われた時、秀夫さんがやせた顔で大きな眼をして、私とドクターの方を見た時の顔が忘れられない。その時私は「入院するの？」と訊いて、入院ではなく通院する事にしてもらった。入院は二人共いやだったので入院しなくて良かった。今日も淋しくて、悲しくて。胃の下辺りが、一時喪失感で辛くなった。

十二月二十六日（金）

秀夫さん、どこに居るの。
秀夫さん、どこからか私を見ているの。

十二月二十七日（土）

私の向かい側には、一緒にＴＶを見ている秀夫さんは居ない。今日も内郷の某スーパーに行ったが、このスーパーは辛すぎる。秀夫さんといつも一緒に来ていた所だから。

十二月二十八日（日）

お寺でお位牌にたましいを入れてもらう為、喪服に着替えて夕子（娘）と出かけた。秀夫さんが本当に仏様になってしまったようで悲しかった。

十二月二十九日（月）

秀夫さん居ないのが信じられない。

十二月三十一日（水）

きのう湯船で眠っていて目が覚めたら、顔から四十〜五十センチ離れた所で十センチ位の丸いぼんやりした輪が私を見ていて、すぐ消えた。秀夫さん？

息子(慎太郎)と　51歳くらい

平成二十七年

一月一日（木）

三年日記をつける気がしないので、買わなかった。来年、再来年に読むと、辛くなるだろうから。悲しい〳〵正月。昼寝でも出来るといゝのだけど、何故か眠れず辛い。去年の元日を思い出す。秀夫さんと二人だけの正月だった。お雑煮を食べる前に、「いつも通り何か一言。」と云ったら、「今年中に死ぬのだから云わない。」と云った。とても悲しかったが、その通りになってしまった。秀夫さん〳〵と呼ぶと涙がこみ上げてくる。

慎太郎（息子）は、十二月六日火葬場から帰って来た時、C型肝炎の肉体から離れたお父さんのはつらつとした魂を感じたそうだ。

一月二日（金）

五時五十分に起きて、雑煮を作って食べてから、和室二間（ふたま）の掃除、布団干し等、細々（こまごま）した事をやっていたら十時になった。秀夫さんがいろ〳〵やってくれていた事がよく判る。

秀夫さんの生きていた日が、どん〳〵〳〵遠くなる。でもまだ秀夫さんの物を見ると、生々(なまなま)しくて悲しくなる。悲しくてみぞおち辺(あた)りが苦しい感じ。

一月三日（土）

月命日なので四人で墓参りをして慎太郎を駅でおろした。自分の「秀夫さん只今」と云った声で悲しくなった。慎太郎も居なくなり淋しさがつのる。今日やっと短歌が詠めた。今迄短歌にすらする気が起こらなかったが……こたつの向う側に慎太郎が居るだけでも淋しさが違ったが……。淋しい〳〵。

秀夫さんと呼べば悲しやこだますら帰って来ないこの静けさは

一月五日（月）

朝七時五十分頃、御飯も食べずに娘夫婦が行ってしまったので、「秀夫さんはどうして居なくなってしまったの。」とわあ〳〵泣いた。新田前薬局も今月で終わり。気持ちが沈み込む。誰も居ない暗くて冷たい家に、秀夫さん〳〵と泣き乍ら帰って来る。

一月六日（火）

秀夫さん、何で私を置いて逝ってしまったの。悲しい〳〵。秀夫さんが居れば恐い物はなかった。辛い事も二人で背負えば半分。

一月七日（水）

秀夫さんと一緒にやったあれこれ〳〵。思い出すたび涙、嗚咽。いつ迄悲しいんだろう。慣れるまで三年かかったと云う人も居るが。

一月八日（木）

秀夫さん、ひどいよ、私だけおいて、先に行ってしまうなんて。秀夫さん、悲しいよー。

一月九日（金）

秀夫さんの事を思うと悲しくなる。以前は秀夫さんの事を思っていなくても、みぞおちの辺りが辛かったが、それはだん〳〵薄らいできたように思う。秀夫さんごめんね、もっと〳〵そばに居てあげれば良かった。

一月十日（土）

私にとって、これ程ひどい罰はない。秀夫さんが癌だったから、こうなる事は覚悟しておかねばならなかったのか。でも早すぎる。お父さま、お母さま、秀夫さんを返して！

一月十一日（日）

秀夫さん、この家のどこかに居るの？　そして私を見てるのかなあ。

一月十二日（月）

秀夫さんがこの家に居るもの、と思っていつも話しかけている。そうすると私一人じゃないみたいな気がする――……秀夫さんが生きていたときから時間がどん〳〵離れて行く。いつか「あの頃は泣いてばかりいたなあ」と思うようになるのかなあ。きのうから相撲が始まっていたが判らず、今日初めて見た、一人で。先場所（十一月）秀夫さんと見ていたが、最後の頃は、相撲を見る気力もなくなっていたネ。

一月十三日（火）

秀夫さんが居ないなんて信じられない。秀夫さん〳〵、悲しみがじゅわーと胸に広がる。ふうん、悲しみって、こう云う形をしてるんだ。

もういやだ泣きたくないと思えども涙がひとりでほゝを伝ひて

一月十四日（水）

秀夫さん、帰って来て！　帰って来て！　お布団に入ると、いつも秀夫さんと呼んでしまい泣いているが、夕べは泣き過ぎて眠れなくなってしまい、睡眠導入剤を飲んだ。

一月十五日（木）

底知れぬ悲しみが私を突き抜けて、涙が止まらない。いやだ〲、秀夫さんのいない人生なんて！　余りに泣くと両方共鼻がつまると云う事が、秀夫さんが居なくなってから判った。秀夫さん、本当に居なくなったの？　何で帰って来てくれないの？　こんなに待ってるのに……。

一月十六日（金）

秀夫さんがそこに居ないなんておかしい。絶対おかしい。話しかけても黙ってるし。秀夫さんが居れば、何も心細くなかった。夕子はよくやってくれるし、みんな優しいけれど、心細くて、不安で〲。

秀夫さんが、じかに相撲を見たいと云っていたが、去年五月場所に行けば良かった。悔やまれる。

一月十七日（土）

秀夫さんがどこにも居ないなんて、こんな不条理な事があろうか。恐ろしい程の喪失感、これ程の悲しみがあるとは思ふだにせず、呼んでも〳〵返事してくれない秀夫さんに話しかけないと、ホントに自分一人になってしまった寂寥感に襲われそうで……。

一月十八日（日）

私は、まだ秀夫さんが居ないと云う事実を受け入れられない。ドラマを見ている間は、秀夫さんの事忘れていた。寝ている時も忘れているが、それらが終ると、秀夫さんが居ない現実を突きつけられる。

一月十九日（月）

秀夫さん、切ない、切なくてたまらない。どうすればいいの。
秀夫さんの最後の一(ひと)すじの涙は、無念の涙じゃないの、と友達に云われた。

一月二十日（火）

秀夫さん、私がこんなに泣いているのに、私を抱きしめてくれないの？　今日は四十九日で、四十九日迄魂は家の中に居ると云うけど、明日からどこかに行っちゃうの？

一月二十一日（水）

秀夫さん〳〵と呼んだら帰って来てくれるかの如く、呼び続けている。明日祭壇を取りはずすので、秀夫さんの祭壇前で一緒に寝るのは、今夜が最後。祭壇と秀夫さんの写真がなくなるとます〳〵淋しくなる。私はどこに話しかけたらいいの？

夜ストーブの灯油がなくなって、裏から重い灯油缶を物置きに持って来て入れた。秀夫さんは全部やっててくれてたが、年取ってから私がやらなければならなくなってしまった。

一月二十二日（木）

秀夫さんどうしていないの。どこへ行っちゃったの。おっちょこちょいでヘマばっかりやっている私を残して、支えてくれないで行ってしまっていいの？

娘と一緒に遺影写真を、仏間の障子の上に掲げた。

一月二十三日（金）

秀夫さん、秀夫さんが居ないのは辛いよぉ。秀夫さんは、本当に私を置いて行ってしまったの？

一月二十五日（日）

秀夫さんと散歩したいよぉ。もう出来ないの？　秀夫さんと結婚して四十二年四ヵ月、金婚式を迎えたかった。

一月二十六日（月）

秀夫さん、いやだよ〳〵、秀夫さんと会えないなんて。この悲しみはいつ迄続くの？

一月二十七日（火）

仕事中でも、秀夫さんの事は何かにつけ思い出している。帰宅する時、いつも車の中で秀夫さん〳〵と呼んでしまうので、いつもめそめそ泣き乍ら車を運転している。

一月二十八日（水）

秀夫さんと生活したあれやこれや、秀夫さんがしゃべった事を一つ〳〵思い出す。でも秀夫さんは、まだ仏様じゃない。秀夫さんが居ないから悲しいだけ。

一月二十九日（木）

秀夫さん、悲しいよ〳〵、助けて!! おまけに胸は痛いし。秀夫さんをこんなに早く奪われただけで、充分過ぎる罰を受けたのに、胸が痛くなって、それで死んでもいいけれど、夕子の赤ちゃんが生まれるので、もう少しの間は生きなければならないと思う。

一月三十日（金）

忙しく仕事をしていて、ふっと秀夫さんを思い出すと、じわ〳〵〳〵悲しみが広がる。

一月三十一日（土）

秀夫さん、一番愛した人。いや一番愛している人。

電波時計が一時間毎にメロディーを流す。他のメロディーは聞いても何でもないが、秀夫さんが居なくなって以来、時計がアメイジンググレイスを流すと、何故か悲しくなる。

二月一日（日）

秀夫さん〳〵どこに居るの〳〵。秀夫さんが居ない〳〵。小さな子供が、母親を必死で呼んでいるように秀夫さんを呼んでいる。秀夫さんが居ないから、秀夫さんがしていた事を私がしなければならず、する事がいっぱいあって、自由になる時間が殆どない。

二月二日（月）

秀夫さんとの四十二年四ヵ月、長かったのか、短かったのか……。もう少し長くても良かった、もう少し長く……。

二月三日（火）

秀夫さんの月命日なので、四時少し前に夕子に薬局に来てもらって墓参りをした。秀夫さんはどっちに居るの。お墓？　それとも家？　それとも私が居る所には、秀夫さんの魂もついて来ているのかな？　そも〳〵魂なんてある筈ないと思うけど、でも信じていたいの。秀夫さんの魂はあるって。そうでないと惨め過ぎる。悲しすぎる。

二月四日（水）

ここ三、四日布団の中で眠る前泣かなくなった。その代りたいがい車の中で、秀夫さん〳〵と呼んでしまって、突然悲しくなって泣いてしまう。とり返しがつかない事になってしまった。秀夫さんが居ない。どこにも居ない。どうすることも出来ない。

夕べ秀夫さんの夢を見た。夢の中で秀夫さんは死んでしまったと判ってたけど、秀夫さんが居たので、腕を拡げて抱いた。お化けでもいいからと思ったら、頭の後ろの下側に目がついてて、お化けだなと思ったが、秀夫さんだったので、私はそのまま抱いていた。

二月五日（木）

今夜は外食と云う事で、夕子と玄洋丸に行った。私の希望で寿司にしたが、いつも秀夫さんと三人 or 誰か来た時に四人で行っていたので、思い出して悲しくなってしまい失敗だった。もう口ぐせのようにすぐに、秀夫さん〳〵と云ってしまう。

二月六日（金）

秀夫さんの事を思うと悲しくて〳〵。秀夫さん、悲しいよ。心細いよ。秀夫さんが居ないだけでも耐えられないのに、仕事の事を考えるとゆううつになる。患者さんも云ってくれた。ダンナさんが亡くなった上に、職場も変わらないといけないとは、と同情してくれた。

二月七日（土）

夕べは布団に入ってから泣いたので、二時に目覚めてトイレに起きた時、その涙が流れて来た。秀夫さんが生きていた時間からどん〳〵遠くなる。秀夫さんとの事、些細な事も全て思い出す。何で帰って来てくれないの。秀夫さんが居るのが当り前だったのに。

二月八日（日）

秀夫さんが、以前スーパーのレジの人の名前を見て、「土田さんは北海道から来たの？」と聞いていた。土田さんのレジに並んでしまったので、又悲しくなってしまった。

二月九日（月）

以前の薬局では、仕事中でも、秀夫さんの事を思い出しては悲しくなっていたが、あい薬局では、忙しくて秀夫さんを思い出す暇は殆どなかった。

二月十日（火）

今日は二日目で少し慣れたのか、仕事中に秀夫さんの事を少し思い出していた。夕子はちゃく〳〵と赤ちゃんの物を買っている。事務員さんは、「楽しみですね。」と云ってくれたが、それよりも今は、悲しみの方が大きい。

秀夫さんが居るのが当然だった。前のように、夜中、朝、秀夫さんが居ないのに気づいて、悲しみに襲われると云うような事は、なくなってきたが……。

二月十一日（水）

十一月十五日〜十二月三日迄の日記を読み返した。あの頃忙しかったけど、必死に日記を書いていた。秀夫さん〳〵、又両方共鼻が詰まってしまった、涙で。十一月十六日にガソリンを入れて、二人で灯油を買いに行ったね。未来の事は誰も判らない。秀夫さんがこんなに早く居なくなると、誰が思っただろうか。
ああ失敗した。こんなに悲しくなるんなら、日記なんか読み返さなければ良かった。

二月十二日（木）

相変わらず、秀夫さん〳〵と呼んでいます。

二月十三日（金）

秀夫さんの魂が、いつも私を見ている、見られている、と思って行動している。そうすると、一人ぽっちじゃないような気がするから。

二月十七日（火）

秀夫さん、淋しいよ。でも、仕事をしている間は、秀夫さんの事を思い出していると云う事は、余りなかったよ。

三月九日（月）

私はまだ、秀夫さんが居ない、と云う事に納得出来ない。

三月十一日（水）

秀夫さんが居ないと不幸せ

不幸せ、不幸せです。
お風呂に入って、あゝ暖かくて
気持ちがいいと感じても、
秀夫さんが居ないと不幸せ
スイーツを食べて、あゝおいしいと感じても、秀夫さんが居ないと不幸せ
どんな事があっても
秀夫さんが居ないと不幸せ

三月十七日（火）

今迄は悲しみなんか、なかったんじゃないかと思う。これがホントの悲しみなんだ。悲しみの感情なんだ。

三月二十六日（木）

そんなにも我が名を呼びし亡き夫少し嬉しくありがとうと言ふ

四月五日（日）

秀夫さんの魂はどこかに居るのかなあ、居るとしたら、どこに居るの。

五月十日（日）

秀夫さんが居ない。秀夫さんが居ない。秀夫さんが居ないので、いつもこうやって、一人で御飯を食べているの。悲しい……。

五月十六日（土）

ピッ〳〵と、ひよどり（?）が鳴いて、さくらんぼを食べに来ている。秀夫さんが、「ほら〳〵ひよどり（?）が来ている。」と私を呼んだっけ。

五月二十日（水）

夫居し去年(こぞ)の事は遠すぎて夢かと思うふ幻の如(ごと)

六月二十九日（月）

私がどんなに泣いても呼んでも、秀夫さんは何も云わない。写真の中でほゝえんでいるだけ。

六月三十日（火）

悲しみは笑っていても澱（おり）として心の底より時に噴き出す

七月九日（木）

秀夫さんが居なくなってから、薬局にいる私に秀夫さんからＴＥＬかかってくる事もなく、ケータイにかかってくるのは、たまに娘からだけ。今珍しくケータイの呼び出し音が鳴ったので、誰だろうと思って出てみると、間違い電話。間違い電話でもかかってくると嬉しい。

八月十六日（日）

秀夫さん、いつも一緒に行っていたけど、私一人で買い物に行き、私一人で食事していま す。

八月二十日（木）

秀夫さんの事、もう一年遅く七十三歳だったら。もう少し辛さと悲しさが少なかっただろうか。それとも年令に関係なく全く同じかな。秀夫さんとはいつも一緒だったけれど、一人で買い物に行き、一人でクリーニング屋に行き、一人でガソリンを入れ、一人で御飯を食べています。そして辛さに耐える為、いつも秀夫さん〳〵と呼んでいます。

八月二十三日（日）

秀夫さんの物がいろ〳〵そのまゝになってて、見ると辛い。

八月二十五日（火）

秀夫さん、帰って来て！　何もかもそのまゝにしてあるから。
いつも出かける時に穿く二階洋間のいすの背にかけてあるお出かけズボン。いつもそこで着替えてたよね。何故いつ迄も私をこんなに泣かせるの。早く帰って来て！

八月二十九日（土）

社長がBGMにクラシックをかけてくれたはいいけれど、秀夫さんといつもコンサートに行っていたのを思い出して、悲しくなってしまった。

八月三十日（日）

毎日秀夫さんを思って泣いたり苦しんだりしているが、何年か経ってこれを読み、「こんなに悲しんでたんだ」と、客観的に思うようになるのだろうか。今になっても、こんなに悲しくて〳〵、秀夫さんは私を置いて行ってしまった。こんなに恐ろしい事が実際に起こるとは！　ホントに居ないんだ、秀夫さんは。余り泣いたので、両方共鼻が詰まってきた。

八月三十一日（月）

帰っても秀夫さんの居ない家へ急いで帰宅する、悲しみを抱え乍ら。

九月三日（木）

秀夫さんと共に過ごした日々がだん〳〵遠くなる。月命日なので夕子と一緒に墓参りをした。秀夫さんは墓に居るの？　家に居るの？　どこに居るの？

九月四日（金）

秀夫さんに、もっと早く私の肝臓をあげれば良かった。気がついた時は、手後れだったし、その前は、体力があって元気だったけど、癌と判った時点であげれば良かった。私も余りにも責任感が強過ぎて、代りの薬剤師がいないからと、仕事休まなかったのが悪かったのか。

九月五日（土）

きのうの朝方から泣く事が多かった。秀夫さんとの日々は、物理的に遠くなっていくけれど、私の心の中では、ますます存在が大きくなり、悲しみが増していく。

早く死にたいと思っていたが、日野原ドクターの一〇二歳の時の文を読んで、一寸恥ずかしくなった。

「『死を』を思う時、私たちは自らが与えられた時間の貴重さ、『生』の意味に、あらためて気づかされるのです。」

（小林凛『冬の薔薇立ち向かうこと恐れずに』より）

九月六日（日）

秀夫さんの不在で、一番苦しみ、一番悲しんでいるのは、私なんですよ。一人淋しく味気ない食事をして……。

九月九日（水）

秀夫さあん、私を置いてっちゃったね。秀夫さんが夕子に指示して買ってくれてたビタミネンゴールド、とう〳〵きのう飲み終ってしまった。一つつながりが切れたけど、秀夫さんに飲ませようと思っていたプロポリスを一粒も飲まなかったけど、私が飲むからね。

九月十六日（水）

秀夫さん、これ以上遠くへ行かないで。私との月日がどん〳〵遠くなっていく、いやだ〳〵秀夫さん。

九月十七日（木）

秀夫さあん、これ以上私を苦しめないで。

九月十八日（金）

一人分なので、たかゞしれているので、高くておいしい物を買っている。

九月二十三日（水）

秀夫さん、本当に死んでしまったの？　私はそれを認めるのが嫌だから、いなくなった、としか書かなかったけど……。

九月二十四日（木）

秀夫さんが居る間は幸せだった。だから子供の事ばっかり心配していた。

九月二十五日（金）

秀夫さんの事があってから、急に私も白髪（しらが）が多くなり、髪染めようかと云う気になって、シャンプー時に染めるのを買ったが、シャンプーでさえ面倒臭くていやなのに、時間がかかりそうで止めた。

秀夫さん〳〵、魂どこかに居るの？　秀夫さんとよく一緒に散歩して、「散歩した次の日は、便がツル〳〵と出る。」と私が云ったら、「ツル〳〵と。」と云って、何回も笑っていた。

九月二十八日（月）

私は、肝炎↓肝硬変↓肝癌の進行速度は、もっと遅いだろうと甘く考えていた。秀夫さんの本来の寿命よりも、遅いかもしれないとさえ考えていた。御免ね。

九月二十九日（火）

秀夫さん、今日は今の所泣かなかったよ。秀夫さんが入れてくれてた砂糖や塩。砂糖はもうすぐ終り。

十月一日（木）

秀夫さんと呼べば、秀夫さんに会えるかの如く、秀夫さん〳〵と呼んでいる。今日は、秀夫さんの最後の言葉、「もう……俺は……」を思い出しては泣いていた。

十月三日（土）

秀夫さんの月命日（十ヵ月）なので墓参り。秀夫さんは、墓に居ないと思うけど……。秀夫さんが、仏壇やお墓に居るとはまだ思わない。

名を呼べば会えるが如く亡き夫の名呼び続くる今日も一人で

十月五日（月）

歯ブラシ立ての歯ブラシが、とう〳〵一本だけになってしまった……。

十月九日（金）

秀夫さん、会いたい〳〵会いたいよー。悲しいよー。

光射す秋晴れの朝のこの部屋に君の姿なき悲しみ拡がる

十月十五日（木）

秀夫さんの居ない悲しみだけが深い。何が楽しみで生きているのだろう。

十月十六日（金）

いったん家に入ってから車の中に忘れた物を取りに出て、電気がついている家の中をのぞいた。日が短くなって暗くなってから帰って来て、電気がついている家の中で、秀夫さんがこたつの所に居るのを見てドアを開けた。それを思い出して、悲しくて〳〵、又泣いてしまった。私が帰るのを待っててくれた秀夫さん。秀夫さん、いやだよ、信じたくないよ、帰ってきてよ、悲しいよ、ホントにホントに秀夫さんは、永久にいなくなってしまったの？

十月十七日（土）

去年の今日、秀夫さんの退院の日を思い出す。お昼、ドクターから三人に説明があった。秀夫さんがトイレに立った時に、私と夕子に「夕方秀夫さん抜きで話がしたい」とも……。秀夫さんは埃（ほこり）星人だから、私がバタ〳〵布団敷いたり、たゝんだりすると、「静かに〳〵やって」と云って、いつも静かに〳〵たゝんでいたね。

十月十八日（日）

秀夫さんが、どこかへ行っていなくなり、うんともすんとも云わなくなった。

月十九日（月）

秀夫さんが以前使っていたハードスプレー、勿体ないので私が使っているが、秀夫さんの香りがして、少し悲しい気持ちになる。秀夫さん、悲しんでるだけでは許されないの？私は、秀夫さんが居ないだけで、いっぱい〱なんだけど……。

十月二十三日（金）

草抜き乍ら、秀夫さんと一緒にやった事を思い出して泣いたり……写真に「秀夫さん行って来ます。」「秀夫さん只今。」と話しかけても返事はしてくれないし……二度と会えないと思うと、悲しみがこみ上げてくる。

十月二十四日（土）

エプロンの後ろの紐を硬く結んでもらったり、秀夫さんにやってもらってた事を、全て自分一人でやらなければいけない。玄関に二つあるかぶる人のいない秀夫さんの帽子。

十月二十六日（月）

亡き夫に甲斐なきものと知り乍ら幾度叫びし帰って来てと

十月三十一日（土）

秀夫さんが居ないというだけで、充分不幸なので、これ以上の不幸は堪忍して下さい。

十一月二十三日（月）

秀夫さんが容器に入れてくれた塩、グラニュー糖が、とう〳〵なくなってきた。秀夫さん、秀夫さん、呼んでいるけど、秀夫さんはうんともすんとも云わないね。やっぱり私は、毎日泣いているよ。

十一月二十五日（水）

秀夫さん、（呼びかけ）秀夫さんて呼んでばかりいるよ。どこにもいないんだね。あと八日で秀夫さんが居なくなって一年になる。何もかも残して、秀夫さんだけが居なくなった。私はあーあーと泣いているんだよ。いつも布団に入ってから思い出して泣く事も多いけど……秀夫さん御免ね。両方共鼻がつまってきた。

十一月二十六日（木）

秀夫さん〳〵と何千回、いや何万回呼んだ事だろう。自分が一人ぽっちだと思いたくないから、秀夫さんの魂がどこかに居て私を見ていると思うから、いつも秀夫さんに話しかけているけれど……。淋しさを紛らわせているだけだろうけれど……。

十一月二十七日（金）

去年の今頃は、秀夫さんの人生が残り少なくなり、私も本人も誰もそんなに早く別れが来るとは思っていなかったが……

秀夫さんの生きていた時期がだん〳〵遠くに行ってしまう。秀夫さん〳〵行かないで!! 遠くへ行かないで！

十一月二十八日（土）

秀夫さん、何とか一人で生きています。やっぱり、秀夫さん逝くの早過ぎたよ。去年の十一月二十七日（木）入院した日の事、最後の十二月三日、鮮明に覚えている。入院した日呼ばれて中に入った時、自分ではもう余り動けなくてベッドに移された時、「俺は、ここで息を引き取るのかなあ。」と云った。私は、秀夫さんが望めば家に帰れる、と云う意味で、「秀夫さんの気持ち次第だよ。」と云った。

十二月七日（月）

私は秀夫さんが居た痕跡を、出来るだけ残そうとしているの。秀夫さんが切ってくれた古布の汚れふきは、使わないようにしているの。秀夫さんが書いてくれた振り込み用紙の領収書は、捨てないでお財布の中に取ってあるの。「俺の女」と云ってくれたのが嬉しかった。

入間沢温泉にて　58歳くらい

平成二十八年

一月十三日（水）

かなり前になるが、ＴＶでほくろの皮膚癌について秀夫さんが見たとかで、私のお腹のほくろをすごく心配してくれた。私のお腹のほくろなんかより、秀夫さんの肝臓の方が重大だった。

一月十九日（火）

誰が私から秀夫さんを奪ったの。Ｃ肝を移したのは、誰！

一月二十三日（土）

昨夜トイレに起きて戻って来た時、無意識に布団が二つあって秀夫さんも居るような感覚だったが、布団が一つしかなくて、誰も居なかった。

二月六日（土）

夕子の事を、うっかり秀夫さん、と呼んでしまった。

二月七日（日）

これからは秀夫さんの居ない人生で、只年(ただとし)を取るのを待っているだけ。あと八年位、八十で充分だから、その頃必ず迎えに来てね。待ってるからね。

二月九日（火）

秀夫さんの事を思っただけで、眼球にじわーと涙が充満する。何年前だったのか、母畑（ぼばた）温泉に行った時の写真がバッグに入れっ放しになっていたが、秀夫さんが居るのが当然の顔をして、自分が写真に写っている。この頃は秀夫さんが居たのだ！　幸せだったのだ！今は不幸のどん底だ。

二月十日（水）

コンピューターに入力して、調剤出来るようになってきたので、少し楽しくなった。仕事中は、やはり一生懸命なので、秀夫さんの事は頭になく、帰りの車に乗ったとたんに、思い出して泣いている。

二月十三日（土）

秀夫さん。私は秀夫さんが居ないと生きていけない。死にたいのをガマンしているのは、只責任感だけ。

二月十四日（日）

六時五十五分、ピンポン。ドア開けたら、楽友会合唱団の鈴木さん。鈴木さんの顔を見たら悲しくなり、思わず手を握って泣いてしまった。鈴木さんも娘さんを亡くしているので、私の気持ちをとても判ってくれた。鈴木さんが帰ってから、せきが切れて、大声でケクケクと長い間泣いた。

二月十六日（火）

おとといあんなに泣いたから、涙も涸れはてたかと思ったけど、悲しくなる事が多く、泣いてばかりいる。それでも食欲は落ちず、何でもおいしい。私がどうもがいても、あがいても、事実はくつがえらない、どうする事も出来ない事を、思い知らされた。それ迄は秀夫さんの死を認めたくなくて、認めなかったが、認めざるを得ないと判り、あんなに泣いてしまったのだろう。

二月十七日（水）

プリンを食べていると思い出すけれど、秀夫さんはプリン or ヨーグルトを食べる時、私がスプーンを出しても箸で食べる。だから慎太郎もそれを真似して箸で食べる。

二月十八日（木）

秀夫さんが居た時、私がどんなに幸せだったか今になって思い知った。

二月十九日（金）

何がいやと云って、家の中が朝出かけた時のままになっている事。秀夫さんが居ると絶対そんな事はなかったから。帰って来て、朝のまんまだと、誰も居ない事の証しだから、ガッカリしてしまう。

二月二十日（土）

秀夫さんを思い出したり、or秀夫さんと、ついうっかり声に出してしまうと、すぐに涙がじわーと条件反射。体重三十九・五キロ。四十キロにはなってなかったか。

二月二十一日（日）

洗濯物を手洗いして、エマールの匂いをかぐと、その頃にはいつもまだ秀夫さんがテーブルで朝食を食べていたのを思い出す。お布団に入ってから泣いてもいいように、いつもティッシュを枕元に置いておくが、最近余り使わなかった。夕べは布団に入ってから、あん〳〵泣いてしまった。

二月二十二日（月）

秀夫さあん、秀夫さんにもう一度会いたいよお。

二月二十三日（火）

姿勢を矯正する為のバンドを下着の上につける時、いつも秀夫さんを思い出す。少し猫背になりかかっていた秀夫さんが、いつ頃だったか居なくなる一寸前に買って、私と夕子の前でつけて、「こんな感じ」と見せていたから。その時だって、生きる為に姿勢を直そうとしていたんだから！　その事を考えると、秀夫さんがかわいそうで〳〵、悲しくて〳〵仕方がない。

二月二十四日（水）

秀夫さんがいつも冬によく着ていた赤と黒の大柄のチェックのパジャマを着ているので、風呂上がりにパジャマを着る時、思い出して泣きそうになる。

人が如何に
悲しみ
苦しみ
もがいていようと
知らん顔で

日は明け
日は暮れ
突き抜ける青空と
明るさが
尚一層
心を切り刻む

二月二十五日（木）

私は「よいしょ」秀夫さんは「よっこいしょ」。秀夫さんと共有した時間がだん〳〵離れてしまい、思い出を何度もほじくり返している。

二月二十七日（土）

夕べ座ったまゝうと〳〵している時、秀夫さんがそばに座っているような感じがしたが、だん〳〵現実に戻って、孤独が忍びよってきて、気がつくと一人ぽっちだった。

三月二日（水）

秀夫さんを忘れている時間が少しずつ長くなっているような気がするが、全然泣かない日は余りない。

三月五日（土）

私は今迄、愛している人を殺された人が、犯人を憎んでいる人に対して、人道的な気持ちで許してあげればいいのに、と思っていたけれど、いざ自分が秀夫さんを失ってみて、秀夫さんを奪ったウィルス、癌が憎くて〳〵たまらない。ましてや不慮の死で、愛する人を失った人の悲しみ、憎しみは、如何ばかりか。

三月六日（日）

秀夫さんの事は、少しずつあきらめざるを得ない？　私は、この目で秀夫さんの身体が焼かれたのを見て、お骨を拾った。それでもそれを認めたくなくて、抗（あらが）ってきた。せめて魂だけはあると思って、毎日〳〵遺影に話しかけてきた。年を取ったら、秀夫さんと穏やかに生活出来るものと思っていた。年を取れば取る程辛い事が多くなるんだね。

三月十日（木）

私がピアノ行く時、秀夫さんは最初は行かないと云うのだけど、「あ、やっぱり行く。」と云って、私がピアノ習ってる三十分間、イオン or カタクラへ行ってて、又一緒に帰って来る。だからピアノ行く時は、いつも悲しくなる。

三月十三日（日）

秀夫さんが唯一出来るお料理がカレーだったので、御飯食べてから勉強会に行きたい時など、たまに秀夫さんにカレーを作ってもらっていた。

三月二十二日（火）

秀夫さん。秀夫さんは、写真だけになってしまったの？　私は、これからもずっと秀夫さんの居ない世の中を生きていかないといけないの？

三月二十七日（日）

秀夫さんは、今の私にとって悲しみの原因でしかない。秀夫さんの不存在が私の悲しみ。秀夫さんがおととし十一月買っててくれた三角コーナーの水切り袋、今も使っている。

三月二十九日（火）

夕方眠くなって、二十分位横になって眠った。夢から覚めて、気がついたら現実の方が厳しかった。現実は、秀夫さんが居ないから。

三月三十一日（木）

秀夫さんの入院時のバッグを片づけた。やっぱりまだ早過ぎた、片づけるのは。ひとつ〳〵が悲しくて辛い。しばらく号泣した。

四月一日（金）

秀夫さんの魂が見守っていると云うのは、そうあって欲しいと云う人間の思い込みで、実際はそんな事もないのだろう。遺影の写真が秀夫さんだと思って話しかける。「行ってきます」「只今」「おやすみ」etc. 秀夫さんがそこに居て見ているると意識して行動しているけど、そんな事もあり得る筈がない。でもそう思わなければ、只寒々と私一人でここに居るの？

四月六日（水）

帰ったら秀夫さんに会えるような気がして、一瞬嬉しい気分になる。すぐに、いや居ない、永遠に居ないんだ、と気がついて深い〳〵悲しみに突き落とされる。取り返しがつかない、信じられない状態。

四月七日（木）

午前中ダスキンがけをしている間中、一時間近く、秀夫さんの事ばっかり考えて泣いていた。

四月九日（土）

今朝方夢で、秀夫さんと一緒に何かのツアーに参加してバスに乗ったが、秀夫さんが後ろの横シートの席で、離れてしまったので、秀夫さんの隣に座りたい、と思ってあせっている。起きたら秀夫さんは居ないので夢は辛い。

四月十日（日）

こたつの横に、秀夫さんが本や新聞を読んでて判らない所があるといつもひいて、秀夫さんの手あかで少し黒ずんでいる国語辞書があり、役に立っている。
新聞の「ひととき」欄に、私と同じように四十二年間連れ添った夫が亡くなり、喪失感とひどい悲しみに襲われていた六十七歳の人が、夫の遺骨ペンダントで安らかな気持ちになり、一緒に暮しているように思える、とあった。私も秀夫さんの骨を取っておけば良かった、と悔いている。

秀夫さん、秀夫さん、秀夫さんと
切なく呼ぶしか能がない私
悲しくて、悲しくて
涙を流すしか能がない私
なのに秀夫さんの返事は

いつまで待ってもどこからも来ない

四月二十一日（木）

あんなに清潔好きで入院してても、毎食後の歯みがき、きれいにひげを剃っていた秀夫さんが、最後の頃はひげは勿論、歯もみがかなくなったのは、病気が進んで、したくても出来なくなったからなんだ。今頃やっと判り、又号泣する。

四月二十二日（金）

秀夫さんの不存在が私の悲しみ、苦しみの原因だけど、秀夫さんを思い出す事で、私の悲しみ苦しみが惹起される。

四月二十四日（日）

特に朝は溜息ばっかり出て情緒が不安定になり、過呼吸のようになって、苦しく辛くなる。

四月二十五日（月）

私は科学を学んだ人間だから、大概（たいがい）の事は科学的に説明できると思っていた。生物が死ねば無になる。魂があって欲しいけど、実際の所はない、と思っていた。秀夫さんと結婚した事だけは、偶然ではなく必然、運命的なものとしか考えられない。

五月四日（水）

ここ三、四日泣かなかったが、今朝は雨が降っていたからか何だか悲しく、秀夫さんが最後の入院の日に、呼ばれて車いすで内科の部屋に入った時、「俺はここで息を引き取るのかなあ。」と云ったのを思い出して、悲しくて〳〵泣いてしまった。秀夫さんが居なくなって一年五ヵ月、秀夫さんと過ごした日がだん〳〵〳〵〳〵遠くなる。いやだ〳〵〳〵。今一寸（ちょっと）秀夫さんの写真を見たけれど、あの頃は居たのに、どうして居なくなったの。

五月六日（金）

秀夫さんは帰って来てくれないし、どんなに呼んでもウンともスンとも云わないし、恨めしいよ。今思えば、私は本当に秀夫さんに甘えていたなあ。

五月七日（土）

秀夫さんと散歩したい。家の近所は勿論、スーパーに買い物に行った時は、駐車場に車を置いて、その近所を歩いたし、平（たいら）に車で行って本町通り（ほんちょうどお）りを歩いたね。多分十一月。私が夕飯の支度をしている時、秀夫さんが「散歩してくる。」と云うので、「私も行く。」「すぐそこまでだよ。」「うん。」私も一緒に行ったが、労災病院の向うの通り口から入って、玄関前を通って、こちらに出て来ただけ。ホントにそれだけだったが、それが最後の散歩だった。その頃はそれだけ歩くのが精一杯だったのだろう。（あん〳〵と泣いている私）

五月八日（日）

今日から相撲が始まったので、五時から相撲を見て、八時から大河ドラマを見て、それでも淋しくて悲しい。秀夫さんが居ないから。

五月九日（月）

秀夫さん。さの所にアクセントをつけて、何回も〱呼ぶ。秀夫さん〱〱。

五月十二日（木）

今日は一転して、突き抜けるような青空。それはそれで悲しい。秀夫さんと呼ぶと、又涙が出る。

五月十三日（金）

秀夫さんは、いつ迄も寝ていると腰が痛くなる、と云っていた。起きると布団をたゝみ乍らＴＶを見て新しい情報を仕入れていた。それから玄関のホウキブラシを持って、ダイニングの裏口の所で服の埃を払っていた。ひげを剃ってから、耳をこすり乍ら洗面所とダイニングを往復する。体力がなくなってからは、「耳の所に手を持ってくるのさえ出来なくなった。」と云っていた。

五月十四日（土）

秀夫さん、秀夫さん。秀夫さんは七十二歳のまま。私は今年の十月十七日で七十三歳になる。こうやって秀夫さんの居ない生活を続けて行くのかなあ。

五月十五日（日）

太りたい。太ってもう少しスタミナのある身体になりたい。

五月十六日（月）

今秀夫さんが居たら、二人でどんな生活をしているだろう、と想像する。

五月二十三日（月）

秀夫さん、死亡広告を見ると、ついその人の年令を見てしまう。六十代で亡くなる人も居るけど、七十八、九とか八十代の人が多いような気がするよ。七十二は一寸早すぎるよね。私が七十一になってたから、その年令なら耐えられると思ったのか？　もっと年取(とし)ってからでは、私が耐えられなかっただろうか？　いずれ別れに耐えなければならないとしたら……。本当は私の方が先に死にたかったよ。そんな顔して見ないで。秀夫さんの写真は、いつもこちらを見ているから……少しほゝえみ加減で……。

六月一日（水）

秀夫さんを思い出す種がいっぱいあり、その雰囲気がまざ〳〵とよみがえってくる。でも居ない。だからやっぱり悲しいよー。

六月九日（木）

秀夫さんとの結婚生活が幸せだったから、喪失感が大きく、悲しみと苦しみがひど過ぎるのだ。

六月十六日（木）

目覚めてすぐの時は、まだ夢の中の感じが残っているが、すぐに不快の念が襲ってくる。何でやろ、と一瞬思うが、すぐに合点が行く。現実は、秀夫さんが居ない悲しい辛い世界なのだと……。

六月十八日（土）

どんなにあがいても、どうしても取り返しのつかない事があると、秀夫さんの死で思い知らされた。

六月二十一日（火）

確かに秀夫さんを思って泣く回数は、以前より減った。でもいろんな花が各家（いえ）の庭に咲き乱れている。秀夫さんと一緒に花を眺め乍ら散歩したい、散歩したいよ。

百済寺にて　吉原さんと　66歳（平成20年11月21日）

平成二十九年

一月十一日（水）

秀夫さんの衣類を引き出しに入れ直した。秀夫さんが書いた字を見るのさえ辛いのに、秀夫さんがいつも着ていた物を見るのは辛い。

一月十五日（日）

私は、秀夫さん、秀夫さん、と云い乍ら死ぬ。秀夫さん、明日からどうやって暮らそうか。

秀夫さん、一緒に相撲見に行きたかったね。御免ね、一度実際に見たいと云っていたのに……。

一月十六日（月）風強し

秀夫さん、寒いと余計寂しいね。

一月十七日（火）

秀夫さん、寒いけどどうしている？　秀夫さんには暑さ寒さは関係ないの？　秀夫さんの遺影は、何にも云わないで私を見ているだけ。

一月二十二日（日）

いつも〳〵期待され続け乍ら果せず、きのうやっと優勝が決まった稀勢の里は、右眼から一すじの涙がこぼれた。秀夫さんが臨終の時流した一すじの涙を思い出し、悲しくて／＼泣いてしまった。

歯をみがいていると、よく秀夫さんと一緒だったが、私はせっかちなのですぐに終ってしまった。秀夫さんはていねいにみがいていたが、虫歯ではないけれど、真ン中辺が隙間あいているからか、時々歯科へ行っていた。

秀夫さんは、背中を真ッすぐにする為、ＴＶを見る時リビングの壁に垂直に座って、努力していた。生きようと前向きだったのに……。

一月二十三日（月）

私は、まだ秀夫さんの写真を見るのは辛い。悲しくなる。目をつぶって歯をみがいていると、ふっと横で一緒に秀夫さんも歯をみがいているような気が……思い出しては泣く。

こたつの向い側の座椅子に秀夫さんはいないし、寝ている時も右側には誰も寝ていない。

今日も無為に年を取って日が暮れて行く。淋しい〳〵と思い乍ら……私は、秀夫さん居ないのに生きているんだねえ。

一月二十四日（火）

秀夫さん、私の側（そば）に来て！　こんな変な顔してるけど、私の側に来て。今日も一人で日が暮れて行く。秀夫さん寂しいよ。

「これからは、これからだから。これからは青い空と河」（小笠原望ドクター）

この言葉で希望を持たなくちゃ、と思ったけど、やっぱり秀夫さんが居ないから、淋しいし悲しい。

一月二十九日（日）

今少し食べる事が楽しみ。楽しみがあると云う事は、秀夫さんの不在を悲しんでばかりではないと云う事？　でもこうやって一人で生きている事に何か意味があるのか！

一月三十一日（火）

秀夫さんを奪われた辛さと悲しさ、それだけで充分。子供と孫だけは、奪わないで下さいね。

二月三日（金）

今日は、いわゆる秀夫さんの月命日。居なくなって二年二ヵ月。でも秀夫さんの夢は見たくない。目が覚めた時、秀夫さんを思い出して悲しくなるから。

二月五日（日）

どこへ行くのも秀夫さんと一緒だった。散歩、旅行、コンサート、たまには映画も。だから今はどこにも行かない。でも今日はN響なので、一人だけど出かける。コンサート会場へ。

丁度私の右の席（通路横）が空いてて、私は秀夫さんの魂が私について来て、そこに座っているのかと思った。演奏が始まると、秀夫さんを思い出して、涙が流れて仕方がなかった。

二月六日（月）

夕べ床に入ってから、コンサートで秀夫さんを思い出して辛かった事等、又思い出して泣いたので、眠れなかった為、睡眠薬四分の一錠程飲んだ。

二月九日（木）

こたつで横になるたび思った。秀夫さんが、いつも布団をかけ直してくれたよね。秀夫さん、ありがとう〱。

二月十日（金）

秀夫さん、寂しいよ〳〵。秀夫さん、愛してるよ〳〵。淋しさには、慣れない。慣れる事が出来ない。一人で苦しんで〳〵、もがいて〳〵、淋しくて〳〵、泣くしか方法がない。誰にもどうしてもらう事も出来ない。私がどんなにもがいてても、泣いてても、秀夫さんは知らん顔。と、孤独感が絶頂期に達した時、慎太郎からメールがあって救われた。あ、それは、秀夫さんが慎太郎を介して、私を救ってくれたんだね！　そうだよね！　ありがとう。

「人を幸せにする人が、もっと幸せになる」（朝日新聞の記事より）

二月十一日（祝日、土）

秀夫さんのマフラー重宝してます。室内で寒い時は二重に巻き、出かけるときは一重でたらんとかっこ良く、夏も冬も、私のパジャマも着るが、秀夫さんのパジャマを着て、寒い時は秀夫さんのジャンパーを上に羽織る。

夕子（娘）が買った紀州の「はねだし梅」を一ケずつ小さなタッパーに入れて、病院へ持って行ったのを思い出す。最後の入院の前迄は、完食〳〵だったけどね。

二月十三日（月）

腰痛が今迄になくひどくて、塗り薬塗ったが痛いので、腰痛バンドをした。塗るのもバンド巻くのも、いつも秀夫さんがやってくれたけどね。仕方なく自分でやる。

二月十四日（火）

きのう程腰が痛くないと思って腰痛ベルトしなかったが、すぐ横になりたくなるのは、背すじがピッとしてないからかと、遅まき乍らベルトをする。それでも余り気力が湧かず横になってしまう。精神的な事が原因だろうと、無理にスクワットをやったり、身体を動かしてみる。これはこれでとても辛いよー、秀夫さん。助けて！

「言葉が重たくなり過ぎないように、軽くてすべらないように」
「心が固くならないように、優しい一寸の嘘を持つ」
（「スタイルアサヒ」小笠原望ドクター）

「大変な時には、小細工せずに、只立っている」
（「スタイルアサヒ」新見正則ドクター）

二月十六日（木）

秀夫さんが入院中の外泊で、病院食では食べられない物を、と思ってお昼に鍋物にしたら、すごくおいしくて、とても喜んで食べてくれたのを思い出して、泣いてしまう。

二月十七日（金）

秀夫さんとの事は、私にとっては、まだ生傷（なまきず）なんです。一寸でも触れると血が出るんです。

二月二十日（月）

とてつもなく秀夫さんに会いたい。秀夫さんが飲んでいた肝臓に良いしゞみエキスと、癌に効くと云う花びら茸の粉。勿体ないので私が飲んでいるが、どちらも超まずくて、秀夫さんこんなまずいのよく飲んでたな、花びら茸はスプーンでおつゆの中に散らし、しゞみは口の中に放り込んで、多目のお茶でごっくん。

「年をとると後ろばかり振り向きがちになり、どうにもならぬ事に、自ら心を暗くする。前を見て希望に生きよう。」

（聖書学者の村岡景夫の親友太田一牧師）

二月二十五日（土）

秀夫さあん、秀夫さんに会えたらどんなに嬉しいだろう。考えただけで嬉しさがこみ上げてくるが、現実に気づかされ、奈落に突き落とされる。

二月二十八日（火）

秀夫さんが何を話したか忘れてしまったが、夢を見た。秀夫さんが居た右側を向いて、秀夫さんが居た方だと思い乍ら寝たから……。

　無意識に夫の名呼び不存在に気づき涙がこぼれ落ちくる

三月一日（水）

秀夫さんと一緒に生きたい。今日は何だか不安で……。スケートの全日本選手権で、選手が滑る時の音楽がベートーヴェンだと云うだけで、ベートーヴェンが好きな秀夫さんを思い出し、悲しくなって泣いてしまう。

三月三日（金）

この前包丁で人差し指を一寸切ってキズ絆を巻いた時、秀夫さんが最後の入院をする少し前に、自分で両足の指全部にキズ絆を巻いて、残ったキズ絆をこたつの上に散らかしたまゝ入院して、死んでしまったのを思い出し、又々悲しくなり、泣いてしまった。

三月四日（土）

昨夜寝る前に、今日は泣かなかったなあと思っていたのに、寝る前に読んでた日野原ドクターのエッセーに、無念の死と云う言葉が出て来て、秀夫さんが死の間際に流した一筋の涙が、無念の涙だろうと云われたのを、久し振りに思い出し、秀夫さんがかわいそうで〳〵、又々号泣してしまった。

三月五日（日）

本当の所は、秀夫さんは「無」になってしまったんだろうけど、そんな事絶対に思いたくないし、魂があるならこの部屋で、私を見守ってくれてると信じてるから、仏間のなげしにある遺影写真に向って、いつも〳〵話しかけている。特に朝の「秀夫さん、おはよう」は、思いを込めて云っているが、云い方は千差万別、一つとして同じ云い方はない。

三月十七日（金）

布団畳んで、秀夫さんが使ってたクローゼットにしまう時、秀夫さんの衣類を引き出しに入れ直した。秀夫さんが書いた字を見るのさえ辛いのに、秀夫さんがいつも着ていた服を見るのは辛い。

三月十八日（土）

朝カーテンを開けている時、秀夫さんを思い出さなかった。初めて？　or 二回目？　その代り、夕食前こたつで一寸横になって眠れたら眠ろうと思っていたが、秀夫さんが息を引き取った十二月三日の事を思い出し、悲しくて〳〵久し振りにかなり泣いた。

三月二十一日（火）

秀夫さん、淋しいよ。こたつの向い側に座っているべき秀夫さんは居ない。梅干しを食べると秀夫さんを思い出す。入院している時、いつも食事時(どき)に、梅干しと一寸した果物むいて、小さなタッパーに入れて持って行ったから。秀夫さんは、持ってこなくていいよ、と云ってたけど。

三月二十四日（金）

私は相変わらず一人で話する相手もなく、暮している。

亡き夫思い出し呻(うめ)きつ昼寝する木枯らしすさぶ午後のリビング

三月二十五日（土）

遺影を秀夫さんだと思って話しかけてるけど、ホントの所は居ないんでしょ。居ないと思うのは、余りにも淋し過ぎるから。悲し過ぎるから……。

三月二十七日（月）

秀夫さん泣いてもいいよね、一人ぼっちのこんなに寂しい夜は。

三月二十八日（火）

丸きり一人暮しだけど、何とか耐えているのは、秀夫さんの魂が私の近くに居て、見守ってくれているからだよ。

四月一日（土）

秀夫さん！　何で私は一人ぼっちなの？　誰も居ない。こうやって又泣いている、ひどい顔して。いつも秀夫さんと歯みがくの一緒になってたけど、今朝歯みがいてて、ひょっとしたら今横でみがいてるんちゃうかなあと、つぶってた目をそうっと開けてみたが、やっぱり居なかった。

四月二日（日）

秀夫さん淋しいなあ、辛いよお！　肩が凝ると、秀夫さんに貼ってもらってたけど、一人ではホントに貼り薬がうまく貼れない。

四月三日（月）

秀夫さんが居なくなっちゃった〳〵。何でこんなにいつも〳〵悲しく、いつも〳〵辛いの。何をするのも一人。御飯食べるのも、どこに行くのも一人。秀夫さん、溜息ばかりでごめんね。あっちの世界で心配してるかしら、こんな私を見て。でも悲しませておいてね、悲しいんだから。

四月五日（水）

秀夫さん、いつ迄経っても私は一人、秀夫さんが居ないから。いくら帰って来てと云っても、いくら待ってても、帰って来てくれないから、秀夫さんはホントに居たのかなと思う。でも子供が二人生れたのだから、居たのは間違いないんだ。

「こころの幸せの鍵は、実は自分の中にあるのです。」

（「スタイルアサヒ」新見正則ドクター）

四月六日（木）

秀夫さんが居ないのは理不尽、耐えられない。どこ迄も呼ぶ、いつ迄も呼ぶ。秀夫さぁん〜。

「『ああなったら、こうなったら、どうしよう』の世界ではなく、今を楽天的に生きたらいい。」

（「スタイルアサヒ」小笠原望ドクター）

四月七日（金）

人気（ひとけ）のない家に帰って来ると昼間でも寒い。どうしてこたつの私の前の座いすに秀夫さんは、座っていないの！

「大事な人を失った人は、その喪失感をいつ迄も反復せざるをえない」

（新聞の言葉）

四月九日（日）

秀夫さん、何でいつも〳〵秀夫さんを思い出して、そして悲しいのだろう。秀夫さんは、最高の夫だよ、大好きだよ、だから居なくて悲しいよ。

四月十日（月）

秀夫さん、余り遠くへ行かないでね。秀夫さんの魂を常にそばで感じていたいから。

裏磐梯にて 67歳（平成22年5月4日）

あとがき

日記の夫に関する所だけを抜き書きしました。「秀夫さん〳〵」の連呼なので、辟易されたのではないかと危惧しています。初めは、死んだと思いたくないから、居なくなった、と書いていました。タイトルも「夫を亡くして」ではなく「夫を失くして」です。

子供達への遺言はたった一行、
「お母さんを頼みます」。

大切な人を失くして立ち直る治療法は年月だと云われますが、四年以上が過ぎて、私も最近少し日薬（ひぐすり）が効いてきた様に思います。長生きはしたくないけど、感謝し乍ら前向きに生きようと思っています。

平成三十一年二月　影山芙莎

夫を失くして

2024年7月31日発行

著　者　影山芙莎
発行者　向田翔一

発行所　株式会社22世紀アート
〒103-0007
東京都中央区日本橋浜町3-23-1-5F
電話　03-5941-9774
Email: info@22art.net　ホームページ：www.22art.net

発売元　株式会社日興企画
〒104-0032
東京都中央区八丁堀4-11-10 第2SSビル 6F
電話　03-6262-8127
Email: support@nikko-kikaku.com
ホームページ：https://nikko-kikaku.com/

印刷
製本　株式会社PUBFUN

ISBN：978-4-88877-304-1